SantillanaCuadernos

Ortografía 3

Mp, mb. Palabras terminadas en -z y en -d. Los sonidos G, R, B y J. Partición de palabras. Palabras con ll. Palabras acabadas en -illo o -illa. Signos de interrogación y de exclamación. Escritura de números hasta el 999.

El cuaderno Ortografía 3 es una obra colectiva concebida, diseñada y creada en el departamento de Ediciones Educativas de Santillana Educación, S. L., dirigido por Antonio Brandi Fernández.

En su elaboración ha participado el siguiente equipo:

TEXTOS
Beatriz Coullaut Zafra
Laura Díez Martínez
Myriam García Galán
Irene Monescillo Núñez
Paula Rojo Cabrera

ILUSTRACIÓN
Alberto Díaz Pérez

EDICIÓN
Beatriz Bolaños López de Lerma, Arancha Méndez Pérez, Lola Núñez Madrid y Paula Rojo Cabrera

DIRECCIÓN DEL PROYECTO
Antonio Luis Alarcón y Lola Núñez Madrid

DIRECCIÓN Y COORDINACIÓN EDITORIAL DE PRIMARIA
Maite López-Sáez Rodríguez-Piñero

SANTILLANA

1 Rodea según la clave. Después, escribe donde corresponda.

mp mb

ciempiés sombrilla compás
campo bambú tómbola

mp	mb

2 Escribe el nombre.

mp

columpio

mb

3 Copia.

Amparo rompió la bombilla con la comba.

Ambrosio abrió la sombrilla en el campo.

4 Forma palabras y escríbelas.

im: posible, permeable, portante ▶ ______

em: borronar, botellar, barcar ▶ ______

5 Completa las oraciones.

empapado 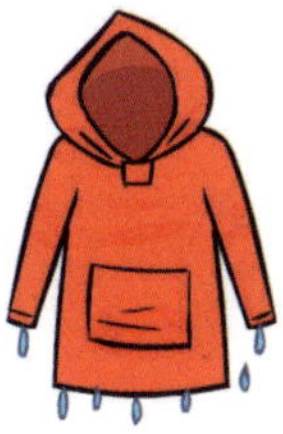 impermeable

El ______ está ______

embotellar  imposible

No es ______ un barco.

6 Copia lo que dice el pez.

Escribimos m antes de p o b.

______

______

7 Copia.

gallinas

golpe

guinda

goma

guantes

águila

gatos

guía

8 Completa con ga, gue, gui, go o gu.

gusano ______tarra ______lleta

______llego Mi______l ______nda

9 Rodea diez nombres de animales. Después, escríbelos.

J	I	L	G	U	E	R	O	K
C	A	G	U	I	L	A	G	L
A	K	E	K	V	G	E	A	A
N	G	A	L	L	O	V	L	G
G	U	E	X	Y	R	B	L	A
U	S	Z	D	Y	I	D	I	R
R	A	X	H	B	L	F	N	T
O	N	Z	H	B	A	D	A	O
T	O	R	T	U	G	A	K	E
D	H	O	R	M	I	G	A	R

10 Escribe.

gato | regalo | bigote

gatito

gatazo

11 Escribe donde corresponda.

pingüino
juguetería
guiso
cigüeña
vergüenza
guindilla

Suena la u

No suena la u

12 Completa con, g, gu o gü.

ci ___ eña

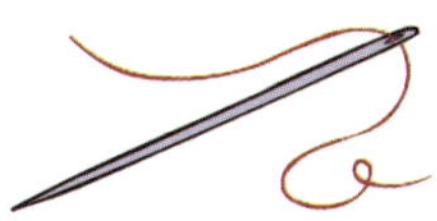

a ___ ja

___ aviota

tri ___ o

man ___ era

a ___ a

pira ___ ista

13 Copia lo que dice la cigüeña.

Cuando escribimos güe o güi suena la u.

14 Copia.

rana

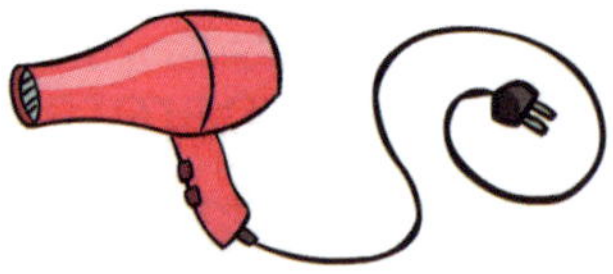

secador

yogur

ratón

15 Lee el texto. Después, copia las palabras destacadas.

Rosita es una **rana**
que se ríe sin cesar,
canta **cerca** del **río**
y sueña con ver el **mar**.

Rebeca es otra rana
que toca la **armónica**
sin parar. Todas juntas
se van a **bailar**.

16 Escribe donde corresponda.

rombo	ámbar	pastor	risita	raqueta	telar
ruleta	racimo	pajar	ayer	azúcar	rumba

r al principio

r al final

17 Escribe donde corresponda.

cero cerro	caro carro	careta carreta	pera perra

18 Escribe lo que hacen.

Rosita 

Rosita corre.

Ramón 

Rosalía 

Roberto 

19 Copia.

El  Ramón no escucha la  .

La  Rita se ríe en la  .

20 Copia.

pez

lápiz

nuez

luz

nariz

perdiz

voz

cruz

21 Escribe.

	z	ces	
	juez	jueces	

22 Escribe una oración con dos palabras del ejercicio anterior.

23 Copia.

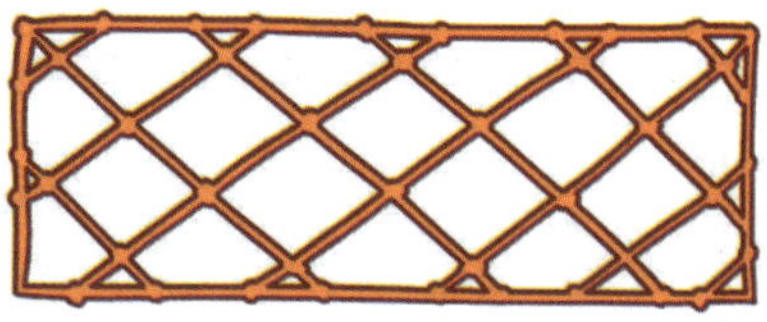

ciudad tempestad red

24 Copia.

Madrid salud juventud

edad mitad pared altitud

25 Completa con d. Después, copia.

Pieda___ celebra la Navida___.

Soleda___ corre a gran velocida___.

26 Completa con d o z. Después, copia.

pared arro___ lu___ se___ ho___

27 Dale la vuelta a las palabras. Después, cópialas.

		E	J	A	U	G	N	E	L
		O	T	N	E	Ü	G	N	U
	R	A	U	G	I	R	E	V	A
D	A	D	E	Ü	G	I	T	N	A

L	E	N	G	U	A	J	E		

lenguaje

28 Forma palabras con estas sílabas.

á	gue	ra
ho	gui	ña
pin	güe	la
ci	güi	no

hoguera

29 Copia.

El  Rodolfo toma gambas.

La 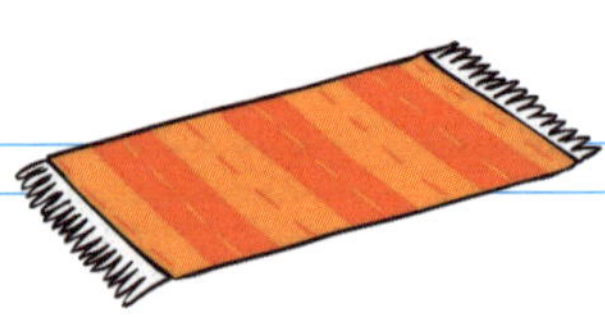 naranja está muy limpia.

30 Forma palabras y escríbelas.

ri ma sa — rima

ro ca sa

ra mo to

31 Copia.

Rocío se ríe cuando ve una rana, al ponerse la ropa o al ver una rosa. ¡Cómo se ríe Rocío!

32 Escribe las oraciones en plural.

El niño cogió un antifaz.

El pez escapó de la red.

33 Dictado.

34 Copia.

ballena　vaca　botijo　uvas

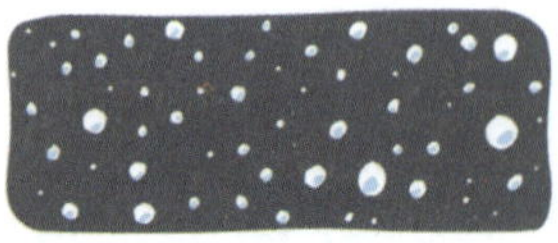

botas　nieve　botón　ventana

35 Rodea las palabras con b o v. Después, copia.

Allá abajo se veía un pueblo.
El sol calentaba mucho. Al llegar
vieron vacas y aves de todas clases.

b ▶

v ▶

36 Une con flechas. Después, copia.

bigote　vía　velero　bombón

37 Escribe cada palabra donde corresponda.

barco barca avión avioneta embarcar aviación

▶

▶

38 Une con flechas. Después, copia.

Las gaviotas | estaba revuelto.
El mar | vuelan alto.

39 Completa con debe, sabe y cabe.

Bernabé no cantar.

Víctor comer más rápido.

El elefante no en el coche.

40 Separa estas palabras en sílabas.

pez ▶

gato ▶

águila ▶

alambre ▶

luz ▶

tapiz ▶

avestruz ▶

bombero ▶

41 Forma una palabra con cada grupo de sílabas.

güe ci ña
gua ra pi
som lla bri
rio ar ma

cigüeña

42 Escribe una oración con cada palabra del ejercicio anterior.

43 Escribe las oraciones.

La lom briz es muy fe liz.

Am bro sio lla mó al tim bre.

Gui ller mo guar dó la gui ta rra.

44 Completa el texto con las sílabas que faltan.

Bruno ___ve en un circo. Traba___
con un á___la, una ci___ña
y una ca___. Usa dis___ y hace burbu___
con un ___so y una ___rita.
___no viaja de ciu___ en ciu___.
¡Vaya ___da am___lante!

45 Copia lo que dice el pingüino.

46 Rodea la *ll*.

lluvia	collar	maullido	sello
tallo	taller	pellizco	calle
olla	ballena	pollo	silla

47 Escribe palabras del ejercicio anterior.

con **lla** ______________

con **lle** ______________

con **lli** ______________

con **llo** ______________

con **llu** ______________

48 Copia sustituyendo los dibujos por sus nombres.

La  se llama .

El  juega bajo la .

El  cruza la .

La  Olalla lleva un .

49 Forma palabras.

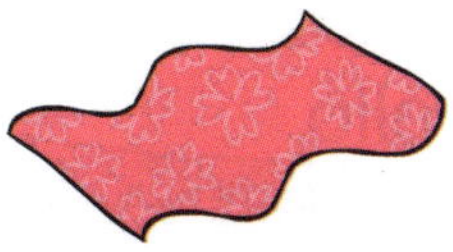 toalla ▶ toallero 

 ____ ▶ ____ 

 ____ ▶ ____ 

50 Completa con ll. Después, copia. Por último, inventa un final para la historia.

El came___o paseaba por la ca___e.
De pronto, oyó un mau___ido en lo alto
de la mura___a. Era un gatito
que ___oraba porque, sin querer,
se había comido una cebo___a.

51 Completa con -illo o -illa.

ard

sem

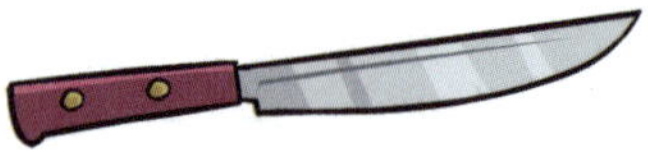
cuch

mart

cast

bomb

zapat s

s

pol

52 Escribe palabras que terminen en -illo o -illa.

fleco	torta	ventana
flequillo		
cuchara	pata	mesa
pepino	escoba	carreta

53 Ordena las sílabas para formar palabras. Después, escribe.

lla - di - sa - en - la	dri - llo - la	chi - llo - cu
llo - to - bi	ta - ven - lla - ni	cha - cu - lla - ri

ensaladilla

54 Completa. Después, copia.

pestillo amarillo polilla silla cepillo martillo

La se posó en la

Ana arregló el con el

El de Sara es

55 Copia sustituyendo los dibujos por sus nombres.

Cortó la  con el 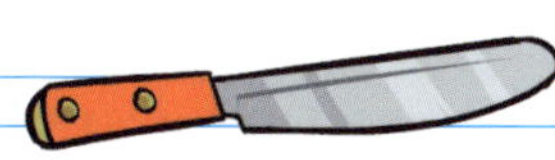.

El 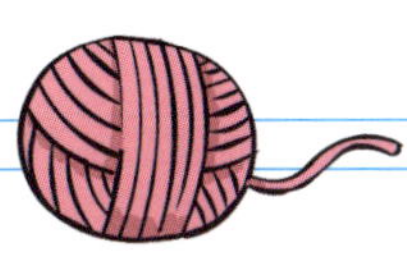 está sobre la .

56 Rodea las palabras según la clave.

b v

Eva se va de vacaciones el sábado. Viajará en avión y en barco. Le dice a su amiga Nieves: «¡Qué bien, voy a volar sobre las nubes! Y cuando navegue también podré bucear y ver ballenas y tiburones».

57 Copia el texto.

58 Separa estas palabras en sílabas.

caballo

voz

ballena

silla

taller

pollo

59 Escribe dos oraciones con cuatro palabras del ejercicio anterior.

60 Copia sustituyendo los dibujos por sus nombres.

barco	paso	bolso	sombra
barquillo	pasillo	bolsillo	sombrilla

Un  no es un 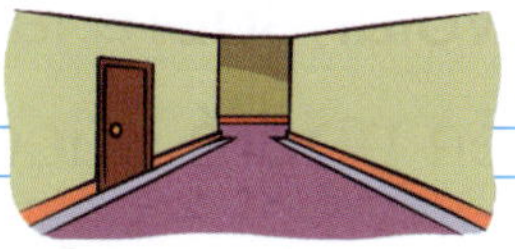.

Un paso

Un  no es un 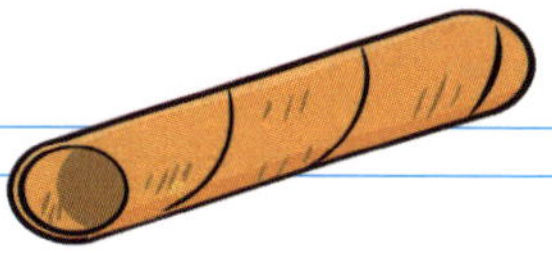.

Una  no es una .

Un  no es un .

61 Dictado.

62 Escribe los nombres.

jarra jabalí ojo jota ajo judías tejado pájaro

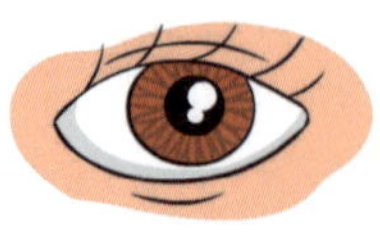

63 Ordena las letras para formar palabras.

rrajón

rjanana

bnajó

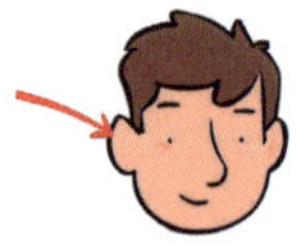
joare

64 Escribe las palabras donde corresponda.

jamón jabón joroba juguete rojo cojo
teja pijama brújula jueves junio ajos

ja

jo

ju

65 Rodea seis palabras con j. Después, escríbelas.

N	A	R	A	N	J	A
J	A	M	O	N	A	D
M	M	S	C	Ñ	B	T
U	E	U	N	T	A	E
J	V	N	G	V	L	J
E	H	T	S	X	I	A
R	J	A	R	R	O	N

Palabras con j

66 Une con flechas. Después, escribe.

ja	ro	lí
jo	ba	ba
ju	li	o

pá	ja	ja
ro	ja	ma
pi	da	ro

ma	gue	jo
pa	no	ja
ju	re	te

jabalí

67 Escribe una oración con cada palabra.

juguete jabón naranja

68 Escribe los signos de interrogación que faltan. Después, copia.

¿A qué hora es la función

Cuánto cuesta el refresco?

Viene Yolanda mañana?

¿Quién ha llegado

69 Escribe los signos de exclamación que faltan. Después, copia.

Hurra!

Qué pena!

¡Ojalá

Buen viaje!

70 Escribe preguntas para estas respuestas.

Mi hermano se llama David.

Mi gato tiene tres años.

71 Escribe exclamaciones que expresen lo siguiente.

saludo

dolor

despedida

pena

72 Rodea los signos de interrogación y exclamación.

–¡Hola, señora Rana!

–¡Hola, señor Búho!

–¿Dónde va esta mañana?

–Voy a la charca a cantar con otras ranas.
¡Tengo mucha prisa!

–¡Adiós, señora Rana!

–¡Adiós, señor Búho!

73 Copia las oraciones que tienen signos de interrogación o exclamación.

74 Copia sustituyendo los números por sus nombres.

Había 100 invitados.

Los pasteles costaron 40 euros.

Hice un viaje de 600 kilómetros.

75 Escribe los nombres de los números.

803

423

299

415

535

76 Forma tres números de tres cifras. Después, escribe sus nombres.

1 6 5

77 Completa el crucigrama.

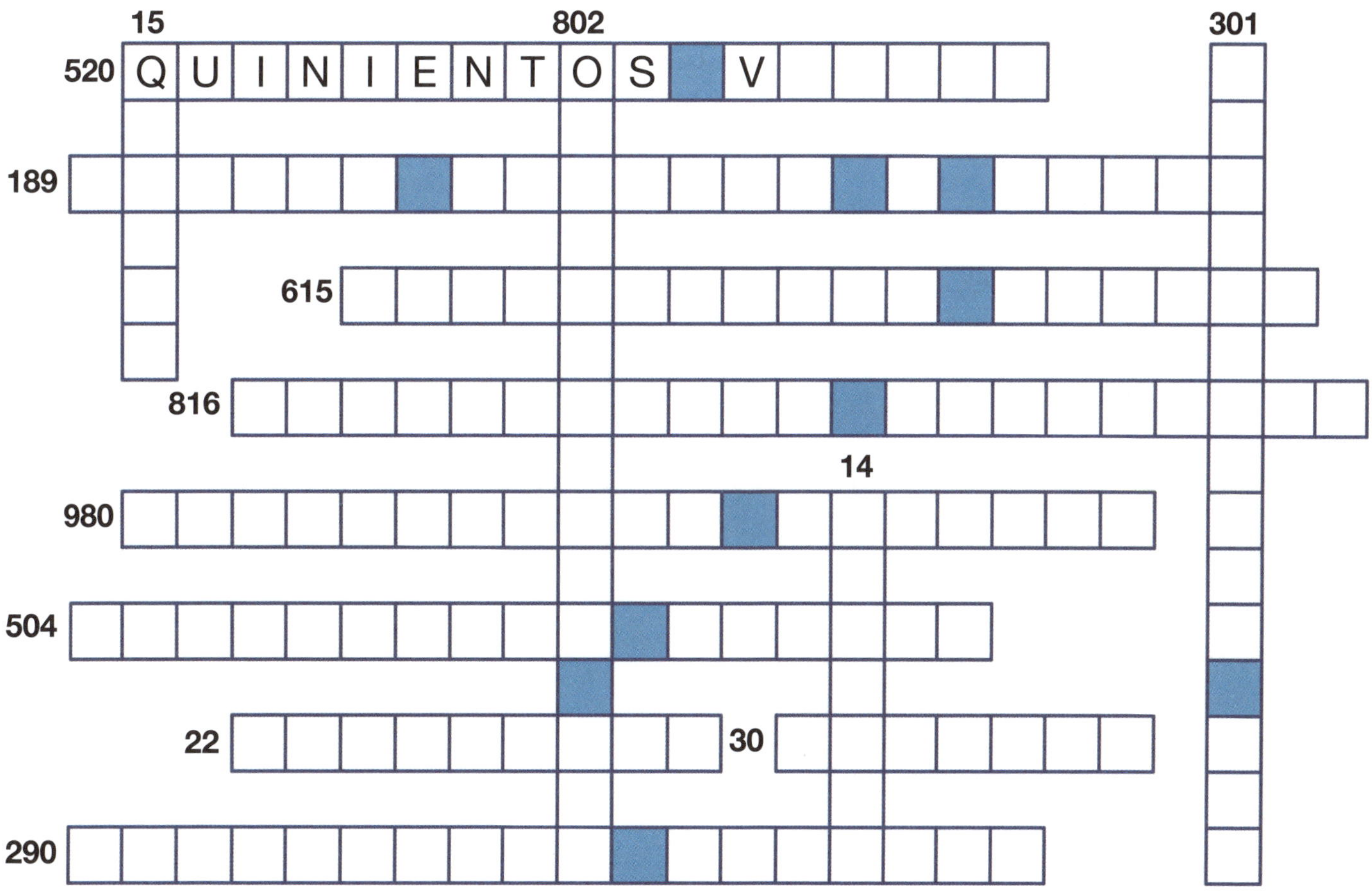

78 Copia los números que has escrito en una sola palabra.
Después, escribe sus nombres.

79 Copia lo que dice el pez.

Los números hasta treinta se escriben en una sola palabra.

80 Ordena las sílabas para formar palabras. Después, copia.

pe - cam - no - si

no - pra - tem

El se levanta

bia - cam

lla - bi - bom

Humberto la

pe - trom - ta

bón - trom

Ramón toca la y el

81 Une con flechas. Después, copia.

Aquella estrella	encontró las huellas.
El detective	llevan grillos.
El gallo	brilla mucho.
Los chiquillos	vive en el gallinero.

82 Escribe los signos de interrogación o exclamación. Después, copia.

Cómo estás

Qué divertido

Qué bien

Cuándo llegas

83 Rodea palabras terminadas en z o d.

David era un pirata muy feliz. Tenía una gran cicatriz en la nariz. Era de Valladolid y en su bandera llevaba una lombriz.

84 Copia sustituyendo los dibujos por sus nombres.

Guiomar bebe  y come  .

Gustavo toca la  con  .

85 Dictado.

Un poco más difícil

86 Copia este famoso acertijo. Después, resuélvelo.

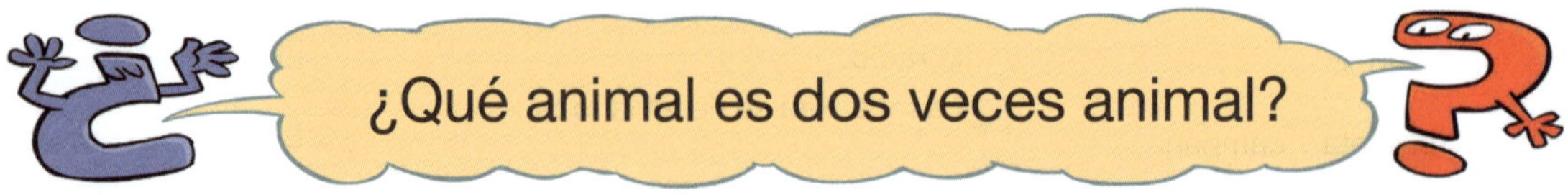

Dale la vuelta a las letras para escribir las palabras y leerás la solución.

le	el
otag	gato
euqrop	
se	
otag	
y	
añara	

La solución es:

87 Escribe tú otro acertijo y su solución.

SOLUCIONARIO

1
ciempiés sombrilla compás
campo bambú tómbola
ciempiés sombrilla
compás bambú
campo tómbola

2
columpio trompeta campana
sombrilla tumbona bombero

4
imposible
impermeable
importante
emborronar
embotellar
embarcar

5
El **impermeable** está **empapado**.
No es **imposible embotellar** un barco.

8
gusano **gui**tarra **ga**lleta
gallego Mi**gu**el **gui**nda

9

J	I	L	G	U	E	R	O	K
C	A	G	U	I	L	A	G	L
A	K	E	K	V	G	E	A	A
N	G	A	L	L	O	V	L	G
G	U	E	X	Y	R	B	L	A
U	S	Z	D	Y	I	D	I	R
R	A	X	H	B	L	F	N	T
O	N	Z	H	B	A	D	A	O
T	O	R	T	U	G	A	K	E
D	H	O	R	M	I	G	A	R

jilguero águila
gallo tortuga
hormiga canguro
gusano gorila
gallina lagarto

10
gatito regalito bigotito
gatazo regalazo bigotazo

11
pingüino juguetería
cigüeña guiso
vergüenza guindilla

12
cigüeña **agu**ja gaviota trigo
manguera **agu**a piragüista

15
Rosita rana cerca río
mar Rebeca armónica bailar

16
rombo risita raqueta
ruleta racimo rumba
ámbar pastor telar
pajar ayer azúcar

17
cero careta pera caro
carreta cerro carro perra

18
Rosita corre. Ramón barre.
Rosalía rema. Roberto ríe.

19
El **ratón** Ramón no escucha la **radio**.
La **rana** Rita se ríe en la **roca**.

21
juez jueces
lápiz lápices
lombriz lombrices
hoz hoces
antifaz antifaces
avestruz avestruces

22
Respuesta Libre (R. L.)

25
Piedad celebra la Navidad.
Soledad corre a gran velocidad.

26
pared arroz luz sed hoz

27
LENGUAJE
UNGÜENTO
AVERIGUAR
ANTIGÜEDAD

28
hoguera pingüino
cigüeña águila

29
El **vampiro** Rodolfo toma gambas.
La **alfombra** naranja está muy limpia.

30
rima roca ramo
risa rosa rato

32
Los niños cogieron unos antifaces.
Los peces escaparon de las redes.

33
Dictado
Ana come champiñones y lombarda.
Gabriel siempre ronca sin cesar.
Paz enciende la luz de la pared.

35
Allá abajo se veía un pueblo.
El sol calentaba mucho. Al llegar vieron vacas y aves de todas clases.
abajo, pueblo, calentaba.
veía, vieron, vacas, aves.

36
bigote vía velero bombón

37
barco, barca, embarcar.
avión, avioneta, aviación.

38
Las gaviotas → vuelan alto.
El mar → estaba revuelto.

39
Bernabé no **sabe** cantar.
Víctor **debe** comer más rápido.
El elefante no **cabe** en el coche.

40
pez luz
ga-to ta-piz
á-gui-la a-ves-truz
a-lam-bre bom-be-ro

41
cigüeña
piragua
sombrilla
armario

42
R. L.

43
La lombriz es muy feliz.
Ambrosio llamó al timbre.
Guillermo guardó la guitarra.

44
Bruno **vi**ve en un circo. Traba**ja** con un á**gui**la, una ci**güe**ña y una ca**bra**. Usa dis**fraz** y hace burbu**jas** con un **va**so y una **va**rita. **Bru**no viaja de ciu**dad** en ciu**dad**. ¡Vaya **vi**da am**bu**lante!

46
lluvia collar maullido sello
tallo taller pellizco calle
olla ballena pollo silla

47
Respuesta Modelo (R. M.)
collar taller
maullido sello
lluvia

48
La **ballena** se llama **Estrella**.
El **pollo** juega bajo la **lluvia**.
El **caballo** cruza la **calle**.
La **gallina** Olalla lleva un **collar**.

49
toalla toallero
botella botellero
llave llavero

50
El camello paseaba por la calle. De pronto, oyó un maullido en lo alto de la muralla. Era un gatito que lloraba porque, sin querer, se había comido una cebolla.

51 ardilla semilla cuchillo
martillo castillo bombilla
zapatillas silla polilla

52 flequillo tortilla ventanilla
cucharilla patilla mesilla
pepinillo escobilla carretilla

53 ensaladilla ladrillo cuchillo
tobillo ventanilla cucharilla

54 La **polilla** se posó en la **silla**.
Ana arregló el **pestillo** con el **martillo**.
El **cepillo** de Sara es **amarillo**.

55 Cortó la **tortilla** con el **cuchillo**.
El **ovillo** está sobre la **mesilla**.

56 Eva se va de vacaciones el sábado. Viajará en avión y en barco. Le dice a su amiga Nieves: «¡Qué bien, voy a volar sobre las nubes! Y cuando navegue, también podré bucear y ver ballenas y tiburones».

58 ca-ba-llo voz ba-lle-na
si-lla ta-ller po-llo

59 R. L.

60 Un **paso** no es un **pasillo**.
Un **barco** no es un **barquillo**.
Una **sombra** no es una **sombrilla**.
Un **bolso** no es un **bolsillo**.

61 **Dictado**
Victoriano vive en Sevilla.
Visita a sus abuelos los sábados.
Allí come callos y empanadillas.
En primavera viaja a Valencia y en verano va a Barcelona.

62 jabalí jota judías pájaro
jarra ojo ajo tejado

63 jarrón naranja jabón oreja

64 jamón joroba juguete
jabón rojo brújula
teja cojo jueves
pijama ajos junio

65

naranja
jarrón
jabalí
jamón
mujer
teja

66 ja ro lí jabalí
jo ba ba joroba
ju li o julio
pá ja ja pájaro
ro ja ma rodaja
pi da ro pijama
ma gue jo manojo
pa no ja pareja
ju re te juguete

67 R. L.

68 ¿A qué hora es la función?
¿Cuánto cuesta el refresco?
¿Viene Yolanda mañana?
¿Quién ha llegado?

69 ¡Hurra! ¡Ojalá!
¡Qué pena! ¡Buen viaje!

70 ¿Cómo se llama tu hermano?
¿Cuántos años tiene tu gato?

71 R. M.
¡Hola! ¡Qué daño!
¡Adiós! ¡Qué pena!

72 –¡Hola, señora Rana!
–¡Hola, señor Búho!
–¿Dónde va esta mañana?
–Voy a la charca a cantar con otras ranas. ¡Tengo mucha prisa!
–¡Adiós, señora Rana!
–¡Adiós, señor Búho!

74 Había **cien** invitados.
Los pasteles costaron **cuarenta** euros.
Hice un viaje de **seiscientos** kilómetros.

75 Ochocientos tres.
Cuatrocientos veintitrés.
Doscientos noventa y nueve.
Cuatrocientos quince.
Quinientos treinta y cinco.

76 R. M.
165 Ciento sesenta y cinco.
615 Seiscientos quince.
516 Quinientos dieciséis.

77
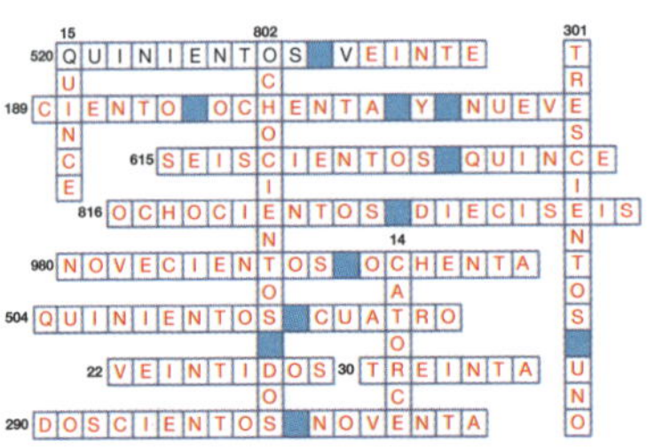

78 15 quince 14 catorce
22 veintidós 30 treinta

80 El **campesino** se levanta **temprano**.
Humberto **cambia** la **bombilla**.
Ramón toca la **trompeta** y el **trombón**.

81 Aquella estrella encontró las huellas.
El detective llevan grillos.
El gallo brilla mucho.
Los chiquillos vive en el gallinero.

82 ¿Cómo estás? ¡Qué divertido!
¡Qué bien! ¿Cuándo llegas?

83 David era un pirata muy feliz. Tenía una gran cicatriz en la nariz. Era de Valladolid y en su bandera llevaba una lombriz.

84 Guiomar bebe **agua** y come **guisantes**.
Gustavo toca la **guitarra** con **guantes**.

85 **Dictado**
¡Hola, Javier! ¿Quieres jugar conmigo?
Beatriz le cambió diez sellos a Rosa.
Guillermo lleva un anillo en el bolsillo.
El traje de Jimena es naranja y rojo.

86 El gato, porque es gato y araña.

87 R. L.